LA PAIX,

COMÉDIE EN UN ACTE

ET EN VERS;

AVEC UN DIVERTISSEMENT.

PAR HYACINTHE DORVO;

Représentée à Paris, pour la première fois, sur le Théâtre de Molière,

Le 20 Vendémiaire, an X.

A PARIS,

Chez DUVERGER - VILLENEUVE *fils*, Imprimeur au Théâtre de la Cité, et chez tous les Marchands de Nouveautés.

MONSIEUR,

Vous êtes le premier Anglais que l'amour des sciences et des arts ait amené parmi nous, immédiatement après la signature des préliminaires de la paix entre votre Gouvernement et le nôtre ; cet empressement qui vous fait honneur, ainsi qu'à nous, m'engage à vous offrir cette foible production ; en vous la présentant, j'en fais hommage à tous vos compatriotes. Puisse l'événement heureux que j'y célèbre, resserer à l'avenir, plus que jamais, les liaisons qui doivent exister entre deux nations faites pour s'estimer et se chérir !

Agréez en l'acceptant, MONSIEUR, l'assurance de mon respect et de mon entier dévouement.

H. DORVO.

PERSONNAGES.	ACTEURS.
GERMEUIL, amant de Julie.	MARTELLY.
DURFORT, vieux capitaine de corsaire, son oncle.	E. VANHOVE.
JULIE, jeune veuve.	Mme. LECOUTRE.
ALISE, intrigante.	Mme. VAZELLE.
DUBOIS, valet de Germeuil.	MOREL.
ROSETTE, suivante de Julie.	Mlle. CLARICE.

DANS LE DIVERTISSEMENT.

UN PAYSAN yvre.	J. B. VANHOVE.
UN M{tre}. D'ECOLE.	LECOUTRE.
UNE DAME chantant.	Mlle. MONTFORT.
UNE PETITE PAYSANNE.	Mlle. LECOUTRE.

La scène est à la Campagne de Germeuil, près Paris.

LA PAIX,

COMÉDIE EN UN ACTE

ET EN VERS.

SCÈNE PREMIERE.

DUBOIS, ROSETTE.

ROSETTE.

Comment donc, c'est Dubois !

DUBOIS.

Eh ! oui, ma toute belle.

Me voilà de retour.

ROSETTE.

Déjà ! Quelle nouvelle ?

DUBOIS.

Bonne, étonnante !

ROSETTE.

Vrai ?

DUBOIS.

Nous avons fait la paix.

ROSETTE.

La paix ?

DUBOIS.

Oui ; générale.

ROSETTE.

Enfin !

DUBOIS.

Avec l'Anglais.

ROSETTE.

D'honneur ? tu ne mens point ?

DUBOIS.

Ménage un peu ma gloire.
Voudrois-je te forger une pareille histoire ?
On ne plaisante point sur ces matières là ;
Et c'est au sérieux que je t'apprends cela.

ROSETTE.

Mais dis-moi , tout Paris doit-être dans l'ivresse ?

DUBOIS.

Je t'en réponds. Par-tout c'est un air d'allégresse ,
Certain contentement si pur et si naïf ,
Que j'en ressens encor le plaisir le plus vif.
Là ce sont des chanteurs dont la voix vous entonne
Des couplets merveilleux que ne comprend personne,
Qui , pour accompagner leur glapissant fausset ,
Impitoyablement font jurer leur archet ;
Plus loin c'est une ronde , où chacun en cadence ,
Du bonheur qui nous suit célèbre l'espérance.
Et les campagnes donc ! ces pauvres habitans !...
Les vieillards sont au moins rajeunis de dix ans.
Par-tout c'est un transport , un délire , un tapage !
Pour boire , ils vouloient tous m'arrêter au passage.
Et ce qui nous promet d'excellens résultats ,
C'est que les cabarets ne désemplissent pas.

ROSETTE.

Du passé dans le vin le souvenir se noie.

DUBOIS.

Oui dà ; mais au milieu de la commune joie ,
J'ai pourtant remarqué de ces gens envieux ,
Qui voient tout de travers quand tout va pour le
mieux.

Egoïstes profonds , vrais fléaux de la terre ,
Qui s'engraissent en paix des malheurs de la guerre.
Et qui dans tous les temps prompts à nous diviser,
Pour s'enrichir encor voudroient l'éterniser.

ROSETTE.

Il en est à Paris plus d'un de cette sorte;
On feroit sagement de leur fermer sa porte.
Et je ne conçois pas , s'il faut te parler net ,
D'où vient que ton patron , cet homme si parfait ,
Dont on vante les mœurs , les goûts et le mérite ,
De pareils intrigans accueille la visite ,
Et loge en sa campagne avec autant d'égards ?...

DUBOIS.

J'entends ; madame Alise offusque tes regards ;
Mais ne sais-tu donc pas que c'est par déférence
Que mon maître chez lui tolère sa présence ?
De son ancien état son vieil oncle entiché ,
Ne peut se corriger de son maudit péché :
Sur un fameux corsaire autrefois capitaine ,
Toujours à ce métier son penchant le ramène ;
Et , sans songer qu'il touche à son terme fatal ,
Notre homme absolument veut mourir amiral.
Jour et nuit ce desir l'agite et le tourmente ,
En Angleterre il veut commander la descente.
C'est lui , c'est ce vieillard , qui pour son intérêt ,
A céans introduit celle qni te déplaît :
Sans elle il n'eût jamais fait ici le voyage ,
Et nous avons cédé par égard pour son âge.

ROSETTE.

Et quel est le motif de tant d'affection ?

DUBOIS.

Il espère obtenir par sa protection ,
Le bienheureux brevet qui va le mettre à même
De briller de nouveau dans un poste qu'il aime.

ROSETTE.

Fort bien ! madame Alise est un de ces agens ,
De charges et d'emplois courtiers intelligens ,
Dont le crédit fondé sur un valet-de-chambre ,
En dépit du renom se borne à l'antichambre ,
Qui des hommes en place assiégeant les réduits ,
Se présentant toujours , sont toujours éconduits ,
Et dont journellement l'existence se fonde
Sur la bourse des sots qu'ils trouvent dans le monde.

DUBOIS.

Ma foi tu t'y connois ; la voilà trait pour trait.

ROSETTE.

L'oncle peut maintenant se passer du brevet.

DUBOIS.

D'accord , mais à convaincre il sera difficile.

ROSETTE.

Et ton maître ?

DUBOIS.

Pour lui....

ROSETTE.

Changera-t-il de style ?

DUBOIS.

Oui. Par son ordre exprès j'ai volé vers Paris.
Avant la fin du jour on sera bien surpris.

ROSETTE.

Il est temps qu'il y pense , et franchement je blâme
Sa conduite et le ton qu'il prend avec madame.
Ma maîtresse est aimable et jeune , elle a du bien ,
Veuve , et s'applaudissant de son premier lien ,
Elle daigne répondre à l'ardeur de ton maître ,
Et si je ne me trompe , elle a grand tort peut-être.

DUBOIS.

Pourquoi ?

ROSETTE,

Que présumer de ses retardemens ,
Et qui peut s'opposer à leurs engagemens ?
Chaque jour de sa part c'est nouvelle défaite.
Madame a bien voulu le suivre en sa retraite ,
Et venir s'enterrer dans ce triste manoir ,
Où je baille à loisir du matin jusqu'au soir :
Eh bien ! il n'en tient compte , et de leur hyménée
C'est lui qui constamment éloigne la journée.

DUBOIS.

Crois qu'il a ses motifs pour en agir ainsi.
Autant et plus que vous souffrant de tout ceci ,
Le cher homme en secret se morfond de tristesse ,
Et guète le moment de prouver sa tendresse.

ROSETTE.

Lui ? c'est un songe-creux avec ses quarante ans.

DUBOIS.

Veux-tu qu'en étourdi , dans ses fougueux élans ?....

ROSETTE.

Je veux , s'il est amant , qu'il soit moins raison-
    nable :
On peut être ennuyeux , quoique très-estimable :
Et ton maître , entre nous , à ne te rien céler ,
D'après mes documens devroit se modeler.
La lecture et les arts , voilà ce qui l'occupe :
D'un semblable galant je ne serais pas dupe ,
Et je lui dirais bien , n'en déplaise au savoir ,
Qu'à trop étudier on fait mal son devoir ,
Que rien n'est plus fâcheux que sa façon de vivre ,
Et qu'une femme enfin vaut beaucoup mieux qu'un
    livre.

DUBOIS.

Écoute.

ROSETTE.

Non.

DUBOIS.

Rosette !

ROSETTE.

Il suffit, j'ai parlé.

DUBOIS.

Ne va pas me confondre en tout ce démêlé.

ROSETTE.

De ta course à Paris porte-lui la réponse,
Et ne l'imite pas, sinon je te renonce.

<hr>

SCENE II.

DUBOIS.

Voilà comme au hasard on prononce souvent ;
Mais après tout, autant en emporte le vent.
Ce discours menaçant ne m'épouvante guères,
Et la paix d'un seul mot règlera nos affaires.

<hr>

SCENE III.

GERMEUIL, DUBOIS.

GERMEUIL.

C'est toi !

DUBOIS.

J'allais chez vous.

GERMEUIL.

Abrège, que dit-on ?

DUBOIS.

Remerciez le Ciel.

GERMEUIL.

Se peut il ?

(11)

DUBOIS.

Tout de bon.

De Londres cette fois la cour s'est résignée.
Nous l'emportons, monsieur, et la paix est signée.

GERMEUIL.

Laisse-moi respirer. Bonheur inattendu !
De la mort à la fin le glaive est suspendu !
La valeur, la prudence ont fini nos misères ;
Et les peuples unis vont se traiter en frères.

DUBOIS.

Nous n'en sommes pas là, mais cela peutvenir.

GERMEUIL.

Ah ! n'empoisonne pas ce touchant avenir.
Sans crainte à cet espoir mon ame s'abandonne,
Et savoure à longs traits le calme qu'il me donne.
Le sort, ô ma patrie ! a comblé mes souhaits.
Que je suis aujourd'hui fier d'être né Français !

DUBOIS.

On le seroit à moins, bien que rien ne vous manque,
Vos fonds en Angleterre, et placés sur la banque..

GERMEUIL.

Peux-tu me soupçonner d'un intérêt si bas ?
Tu m'en fais souvenir, et je n'y pensois pas.
Je ne vois que l'État, c'est lui que j'envisage.
De nos braves guerriers je bénis le courage ;
Ce sont eux, mon ami, dont l'intrépidité
A fondé sa puissance et sa prospérité.
De mes concitoyens m'entourant en idée,
Je vois par eux bientôt la France fécondée ;
Et le gouvernement protégeant leurs labeurs ,
Jusques sous la chaumière aller sécher des pleurs.
L'industrie, à l'aspect de ce rayon qui perce,
De son feu créateur ranimant le commerce,
Et nos ports orgueilleux de leurs nombreux vais-
   seaux,

Se disputer l'honneur de conquérir les eaux.
Des sciences, des arts, la troupe rassemblée,
Chasser les noirs soucis qui l'avoient exilée,
Et la haine éteignant son flambeau criminel,
Elle - même au pardon élever un autel.

DUBOIS.

Soit, mais de tels bonheurs ne sont qu'en perspec-
    tive,
Commencez par goûter celui qui vous arrive,
Et pouvant épouser celle que vous aimez.....

GERMEUIL.

Je l'adore, Dubois, et mes sens enflammés
Ne se sont fait hélas ! que trop de violence.
J'ai contraint, j'ai forcé mon amour au silence ;
Mais l'exacte équité m'en imposoit la loi.
Il est mal de vouloir tout rapporter à soi,
De ne considérer un acte volontaire
Que relativement au bien qu'il peut nous faire.
J'idolâtre Julie, et sans doute il m'est doux
De pouvoir en ce jour devenir son époux.
Ma fortune à présent est égale à la sienne,
Et je compense toute en lui donnant la mienne.
Mais qu'à mes propres yeux je me fusse avili,
Que mettant à profit le généreux oubli
Qu'elle faisoit pour moi de toute sa richesse,
J'eusse en la recherchant, dépouillé ma maîtresse ?
Ah ! ce lâche détour est indigne de moi ;
Du temps qui m'est compté je fais un autre emploi,
Et jamais d'un peu d'or l'amorce dangereuse
Ne me fera commettre une action honteuse.

DUBOIS.

Certes, ce sentiment est noble et délicat,
Mais en vous expliquant, serviteur au débat :
Si votre oncle a du bien, vous l'aurez, et j'estime
Que cette objection rendoit tout légitime.

Cui

GERMEUIL.

Oui, mais ne sens-tu pas qu'en y réfléchissant,
Ce qu'un pareil calcul offre d'avilissant ?
Mon oncle eut pu se dire en lui-même à toute heure,
S'il contracte, c'est donc espérant que je meure,
Et certain tôt ou tard d'être mon héritier,
Germeuil n'a pas voulu le laisser oublier.
Et qui sait si sur moi cette fausse lumière
N'auroit pas avancé la fin de sa carrière ?
Je n'ai point désormais ces risques à courir,
La route du bonheur pour moi vient de s'ouvrir ;
Et mon cœur ne craint plus que le remord l'obsède,
Puisque la paix me rend tout ce que je possède.

DUBOIS.

Bref, j'y suis. Vous suivez votre inclination
Et vous vous mariez.

GERMEUIL.

      C'est mon intention.
Je voulois épouser une femme accomplie,
Et ne puis faire mieux que de choisir Julie.

DUBOIS.

Monsieur, par charité, parlez aussi pour moi.

GERMEUIL.

Parler ? sur quel sujet ? voyons, explique-toi.

DUBOIS.

Rosette....

GERMEUIL.

    Eh bien ! après ?

DUBOIS.

          Me tourne la cervelle,
Et je voudrois signer une paix avec elle.

GERMEUIL.

C'est assez, j'y consens et remplirai tes vœux.

DUBOIS.

Mon cher maître !

GERMEUIL.

Ce soir nous serons tous heureux.

DUBOIS.

Vivat !

GERMEUIL.

Voici mon oncle avec madame Alise,
Sors.

DUBOIS.

Que le ciel au port, vous et moi nous conduise !

SCÈNE IV.

GERMEUIL, DURFORT, ALISE.

DURFORT, *en entrant, à Alise.*

Nous l'interrogerons ; il doit en être instruit.

ALISE.

Nos ennemis, eux seuls, font circuler ce bruit.

DURFORT.

Serviteur mon neveu ?

GERMEUIL.

Mon oncle, et vous madame,
Partagez les transports où se livre mon âme.
Après bien des retards nous sommes satisfaits,
Et la Grande Bretagne enfin signe la paix.

ALISE.

Quand je vous le disois, nouvelle populaire !
A présent, selon vous, la chose est-elle claire ?
Ce sont de ces propos qu'on se plaît à semer ;
Croyez que l'on auroit daigné m'en informer.
Du ministre, pour moi, je connois bien le zèle ;
Il m'en eût envoyé la notte officielle.

DURFORT.

Mon neveu cependant nous assure.....

ALISE.

Il est vrai,
Mais ce n'en est pas moins un mensonge avéré.

GERMEUIL.

Je ne sais pas mentir, madame, et je vous jure....

ALISE.

Passe pour cette paix, on a pu la conclure,
Et nous serons, monsieur, tous deux du même avis
Quand nous nous entendrons sur le nom des pays.

GERMEUIL.

Je dis que se lassant de nous faire la guerre.....

ALYSE.

Oui, la Grande Bretagne, et non pas l'Angleterre
Ne les confondons pas, s'il vous plaît.

DURFORT.

Riez-vous ?

GERMEUIL.

Madame avoit raison : elle en sait plus que nous.

ALISE.

Sur ce point, sans orgueil, ici je m'apprécie
En fait de politique et de diplomatie,
Je pourrois défier plus d'un ambassadeur.

GERMEUIL. (à part.)

Et plus d'un géographe aussi.

DURFORT.

C'est par erreur....

ALISE.

Je n'en commis jamais, et j'ai fait l'horoscope
De tous les potentats qui règnent en Europe ;
République ou royaume, à peu de chose près,
Je tiens-là le secret de tous les cabinets ;
Aussi n'est-ce pas moi la-dessus qu'on abuse ?
L'anglois faire la paix ? fi donc : c'est une ruse ;
Que deviendroient ses vins, son commerce au Japon,

Ses oranges , ses bleds , son huile et son coton ?
Consultez monsieur Pitt, et vous verrez qu'en somme
Pour nous donner la paix il est trop habile homme.

DURFORT.

Que peut signifier ce galimatias ?

GERMEUIL.

Madame parle bien ; ne l'interrompez pas.

ALISE,

Comment ?

DURFORT.

Vous êtes folle et battez la campagne ,
Madame , l'Angleterre et la Grande Bretagne
Ne sont qu'un même endroit , entendez-vous ?

ALISE.

C'est sûr ?

DURFORT.

Très-sûr.

ALISE.

Je n'en crois rien.

DURFORT.

Fut-il cerveau plus dur ?
Morbleu , lisez la carte. . . .

ALISE.

En ce cas on nous trompe.

GERMEUIL.

Mais Dubois....

ALISE.

Il se peut , monsieur , qu'on le corrompe.
Et vous me permettrez de douter d'un valet ,
Lorsqu'il est question d'un aussi grave objet.

DURFORT.

Mon neveu , de sang-froid , méditez ces paroles.
L'argent à ses pareils fait jouer bien des rôles ,
Peut-être savoit-il vos projets. Et....

GERMEUIL.

Croyez....

ALISE.

La belle autorité dont vous vous appuyez !
C'est un conte, vous dis-je, et la paix n'est point faite.
Voyez, depuis six mois, tout ce que l'on projette,
De vivres, de boulets, les immenses transports
Que l'on fait à grands frais parvenir dans nos ports ;
Ce vif empressement d'augmenter la marine,
Des Anglais tout cela m'annonce la ruine,
Et ce n'est pas le temps, malgré votre neveu,
De quitter la partie avec un si beau jeu.

DURFORT.

Ajoutez que j'ai fait offre de mes services,
Que je veux du combat recueillir les prémices,
Et que l'état, armé d'un bras tel que le mien,
Ne sauroit recourir à ce petit moyen.
Une fois amiral je deviendrai la foudre.
Je suis alerte encor et vif comme la poudre.

GERMEUIL.

Vous n'êtes pas le seul, mon oncle, assurément,
Qui portiez dans le cœur ce noble dévouement ;
Tout Français a montré ce courage héroïque,
Sitôt qu'il a fallu servir la République.
Combien de nos guerriers, soldats ou matelots
Etoient prêts comme vous à traverser les flots ;
Tous, du jour de la gloire, entrevoyoient l'aurore,
Les léopards soumis au drapeau tricolore,
Déjà les excitoient et doubloient leur valeur ;
Mais un sage, un héros qui veille à leur bonheur,
Plus grand par ses vertus que César, qu'Alexandre,
A gémi sur le sang que l'on alloit répandre,
D'un geste, d'un regard il a tout comprimé ;
Le temple de Janus à sa voix s'est fermé,

Et couronnant la fin d'une si belle histoire,
Son ame à préféré la paix à la victoire.

ALISE.

Fadaise !

DURFORT.

Et mon brevet ? le ministre a promis,
Et jamais sur les rangs il ne m'auroit admis,
Si les choses étoient au point que vous le dites.

GERMEUIL.

De votre entêtement présagez-vous les suites ?
Voulez-vous qu'on vous classe avec ces cœurs
 pervers,
Exagérant toujours nos maux et nos revers,
Et qui doutent de tout, ou font la sourde oreille,
Dès-lors qu'un bruit heureux les frappe et les ré-
 veille ?
Non pas que dans le fond ils ne soient convaincus,
Mais comme ces gens-là ne vivent que d'abus,
Leur plus cher élément est aussi le désordre ;
Chacun d'eux suit son plan, et n'en veut point dé-
 mordre,
Et sur son intérêt pesant ce que l'on dit,
Feint, ou bien ne feint pas d'y donner du crédit.
De ce que vous vallez, j'ai fait l'expérience ;
Mon oncle, et d'eux à vous je sais la différence.
Sans plus vous occuper d'un projet importun,
Vous vous réjouirez dans le bonheur commun,
Et vous débarrassant d'un reste d'égoïsme,
Nous prouverez à tous votre patriotisme.

DURFORT.

J'y suis assez porté.

ALISE (à part).

   Le coup est affligeant !
Et j'espérois encor en tirer de l'argent.

SCENE V.

LES PRECÉDENS, JULIE.

JULIE.

Je vous cherchois, Germeuil, et ma joie est com-
　　plette.
Malgré ma confiance en ce que dit Rosette,
Je n'osois me fier à son heureux récit.
Ce billet qu'à l'instant de Paris on m'écrit,
De la paix pour le coup me donne l'assurance.
Lisez haut, vous pouvez en prendre connoissance :
Il est de Merval.

ALISE (*à part*).

　　　Ciel !

JULIE (*à Alise*).

　　　Madame le permet?

ALISE.

Qui, moi? très-volontiers...

DURFORT.

　　　Qu'est-ce?

ALISE (*à part*).

　　　　Allons, c'en est fait.
En ces lieux il a su que je me suis rendue,
Le traître m'y poursuit, et me voilà perdue.

GERMEUIL (*lisant*).

« *Madame, la paix avec l'Angleterre vient
d'être promulguée solemnellement à Paris, et je
me hâte de vous l'apprendre, persuadé du plai-
que vous causera cette nouvelle, ainsi qu'à mon
ami Germeuil et son oncle le capitaine DURFORT ;
il m'est revenu qu'il s'étoit lié avec une espèce
d'intrigante.......*

ALISE (*à part*).

Je tremble.

GERMEUIL.

Une nommée madame Alise.....

ALISE (*à part*).

L'insolent.

DURFORT.

Alise ! est-ce de vous
Qu'il prétend parler ?

ALISE.

Mais... (*à part*) j'étouffe de courroux !

DURFORT.

Vous ne repondez point ?

GERMEUIL.

Mon oncle, acheverai-je ?

DURFORT.

Lisez, lisez.

GERMEUIL.

« *Une nommée madame Alise qui, sous pré-*
texte de procurer des emplois, rançonne les gens
crédules qu'elle rencontre dans la société, et prend
de l'argent de toutes mains......

DURFORT.

Oui dà ? c'est un doux privilége.
Ah ! j'étois votre dupe !

ALISE.

Avec facilité,
Je me disculperois de cette indignité,
Mais j'y perdrois un temps qu'autre part on réclame,
Et je dois seulement remercier madame.
Ici quelle triomphe avec votre neveu,
Moi, Paris me demande et j'y retourne, adieu.

SCENE

SCENE VI.

GERMEUIL, DURFORT, JULIE.

DURFORT.

Allez, point de propos, vîte qu'on déguerpisse.
Quelle audace !

GERMEUIL.

Pourquoi vouloir qu'elle rougisse ?
Par celles de sa trempe on peut être éclipsé,
Mais l'homme vertueux n'en est point offensé.
Comptons sur l'avenir en dépit de la brigue,
La paix ne fut jamais le regne de l'intrigue.

DURFORT.

En honneur, mon neveu, vous êtes un Caton,
Je suis toujours forcé de vous donner raison ;
A ce que vous voulez, je vois qu'il faut souscrire
Mais enfin n'avez-vous rien de plus à nous dire ?
Comment ! vous vous taisez, et vousmadame aus
C'est charmant ! attendons la fin de tout ceci.

GERMEUIL.

Julie !

JULIE.

Eh bien ?

GERMEUIL.

Le cœur est un grand interprette,
Et parle éloquemment quand la bouche est muette :
Le mien depuis long-temps pourvous s'est expliqué
A captiver le vôtre attentif, appliqué,
Je n'ai rien négligé pour vous prouver, madame
Ce feu dont vos attraits ont pénétré mon âme ;
Mais cet extérieur où brillent tant d'appas,
J'aime à le déclarer, ne me séduiroit pas,
Si je n'étois certain, en vous rendant les armes

Que vos vertus encor l'emportent sur vos charmes.
Je sais ce que je suis, le ciel en me formant,
Peut-être me traita peu favorablement :
Des fadeurs aux galans, j'abandonne le code,
Et n'ai point les façons de nos gens à la mode :
Je puis vous adorer sans qu'un juste retour
De votre part, madame, ait payé mon amour,
Daignez donc avec moi vous expliquer sans feindre,
Si j'en souffre, du moins, ce sera sans me plaindre.

D U R F O R T.

Bravo ! Voilà parler ! bien, mon neveu, fort bien !

J U L I E.

Un tiers gêne, par fois, dans un tel entretien,
Et par prudence alors mon sexe se déguise,
Mais je veux imiter votre aimable franchise :
Et quand je me résous devant vous à l'oser,
Votre oncle et vous Germeuil, voudrez bien m'ex-
    cuser.

D U R F O R T.

Point gêné, point gênant, c'est la règle. J'écoute.

J U L I E.

Vous devez du passé vous souvenir sans doute ;
Et si peu prévenu pour vous que vous soyez,
Vous ne pouvez douter de ce que vous voyez.
Vous avez de l'esprit, je me plais à le dire,
Dans le cœur d'une femme il est aisé de lire,
Et quelque soin qu'elle a de cacher son penchant,
Ce secret là pour elle est si fort attachant,
Qu'il s'échappe au moment que le moins elle y
    pense,
Et souvent la trahit jusque dans son silence.
Je l'ai trop éprouvé, Germeuil, auprès de vous :
En vous j'aimois avoir un amant, un époux ;
Et cette illusion dont mon âme étoit fière,
Même encor à présent m'occupe toute entière.

GERMEUIL.

Dieu !

DURFORT.

Laissez-là finir : c'est fort bien débuté.

JULIE.

Je sais que fréquemment je vous ai rebuté ;
Mais c'étoit votre faute, et vous étiez peu sage
De différer l'instant de notre mariage.

DURFORT.

Elle a raison.

GERMEUIL.

Julie, ah ! souffrez qu'à vos pieds
Ces erreurs et ces torts soient enfin expiés !
Cependant, je le dis, quoique je vous adore,
Je ne m'en repens point, je les aurois encore !
Votre richesse seule étouffoit mes soupirs ;
Je craignois jusqu'à vous d'élever mes desirs,
Ne pouvant à mon gré vous offrir en partage
Les biens dont aujourd'hui mon cœur vous fait
    hommage :
Grâce à la paix, Julie, ils me sont tous rendus,
Et l'or entre vos mains est le prix des vertus.

DURFORT.

Il a vraiment du bon.

JULIE.

Quelle délicatesse !
Que cet aveu, Germeuil, ajoute à ma tendresse ?

SCÈNE VII et derniere.

LES PRÉCÉDENS, ROSETTE, DUBOIS.

DUBOIS.

Eh bien ! tu me croiras peut-être une autre fois ?
Monsieur, nous devançons ici nos villageois :
Dans les appartemens, on se foule, on se presse ;
Ils viennent pour fêter la paix et leur maîtresse;
Car, à ce que je vois, vous voilà tous les deux
En disposition de devenir heureux.

GERMEUIL.

Nous le sommes, Dubois.

DURFORT.

Et moi donc ? je commence
A ne plus regretter mon poste quand j'y pense ;
Il est beau, j'en conviens, très-beau d'être amiral,
Mais un combat sur mer n'est pas si gai qu'un bal,
Et moi je veux danser à la noce.

DUBOIS.

Rosette !

GERMEUIL.

Je vois mes bons amis, ce qui vous inquiette,
Et je ne prétends pas vous laisser en chemin.
A Rosette, Dubois, tu peux donner la main :
Je vous marie.

DUBOIS.

Ouf ! donne.

ROSETTE.

Il faut que j'obéisse ;
Mais ne me trompe pas, ou je m'en fais justice.

GERMEUIL.

Fais entrer maintenant.

D U B O I S.

Soit : entrez tous.

G E R M E U I L.

La paix
Doit à se rapprocher inviter les français.

D I V E R T I S S E M E N T. *

UN MAITRE D'ECOLE, UNE DAME, UN PAYSAN *iv e*, UNE JEUNE PAYSANNE, Troupe de Villageois et Villageoises, *avec des bouquets.*

LE PAYSAN, *faisant entrer la Dame.*

Le v'la monsieur Germeuil ; la v'la, madame Julie.

G E R M E U I L.

Qu'est-ce donc ?

LE PAYSAN.

C'est que que-z-un qui vous demande.

J U L I E.

Ah ! c'est vous, mon amie ?

LA DAME.

Oui, je viens mêler ma joie à la vôtre.

J U L I E.

Vous ne pouviez me faire plus de plaisir.

LE PAYSAN.

J'ons trouvé c'te dame, et je l'ons conduite tout droit cheux vous.

LE MAITRE D'ECOLE.

Oh ! tout droit.

---

* Ce divertissement, à l'exception des couplets, est de l'estimable citoyen *Martelly*, auteur et acteur recommandable : qu'il me pardonne de le nommer ; je devois cet hommage de la reconnoissance à ses qualités sociales et à ses talens.

LE PAYSAN.

Eh bien, sommes-nous pas arrivés? Mais, monsieur Germeuil, faut que vous me répondiez; faut que vous me tiriez de peine.

GERMEUIL.

Parle.

LE PAYSAN.

Je ne sais pas comment c'te dame a fait pour passer; car toutes les portes étoient fermées pour moi.

GERMEUIL.

Fermées pour toi?

LE PAYSAN.

Falloit ben que ça fût; car par-tout où j'ai voulu passer, j'me suis donné de la tête contre le mur.

LE MAITRE D'ECOLE.

C'est que tu n'allois pas ton droit chemin.

LE PAYSAN.

Ah! vous v'la, monsieur le Maître d'Ecole, le savant du village! Eh ben, comment vont les vers?

LE MAITRE D'ECOLE.

Ils partent de mon cœur, et remplissent mon cerveau.

LE PAYSAN.

Eh! sarpejeu, v'nez boire avec nous; ça les tue.

GERMEUIL.

Tu n'as pas déjà trop mal bu, toi, à ce qu'il me paroît.

LE PAYSAN.

C'n'est qu'un petit commencement, monsieur Germeuil; j'acheverai la journée.

LE MAITRE D'ECOLE.

Et tu oses te présenter?...

LE PAYSAN.

Tiens, si j'ose! Gn'i a pas de mal à ça : N'est-ce pas, monsieur Germeuil, qui' n'y a pas de mal. J'allons vous conter comment c'est arrivé : J'ons rencontré l'gros Lucas.

LE MAITRE D'ECOLE.

Le Gros-Lucas, avec qui tu es en procès depuis si long-temps, et contre lequel tu t'es encore battu l'autre jour?

LE PAYSAN.

Gnia plus de procès, gnia plus de dispute, gnia p'us de coups, Je l'ons donc rencontré, et je l'yons dit : Lucas, sais-tu la nouvelle? — Oui, ce m'a-t-il fait. — Tu la sais; eh b'en, quoique t'en dis? — Je dis que puisque tout s'est arrangé, faut que nous nous arrangions aussi — Toppe. Et c'te tappe que je t'ons baillé l'aut' jour, rends-la moi. —

Non. -- Tu ne veux pas ? Mais c'te portion de terre que tu voulois avoir à toi tout seul, et moi itou, queuque j'en ferons ? - La moitié chacun. -- Toppe encore ; ous que ça seigne ? V'la nos per iminaires -- Ça se seigne au cabaret. -- Viens, l'y ai-je fait. Je l'embrasse, et droit à la première enseigne! Là, j'ons donné tant de signatures, tant de signatures, que Lucas s'est endormi à la dernière paraphe ; et moi, je suis venu, comme j'ai pu, vous conter ça.

GERMEUIL.

Ainsi plus de désunion ? plus d'ennemi ?

LE PAYSAN, *ivre*

Y en a un..... brouillés pour toujours..... Je ne l'y pardonne pas à c'ti-là.

GERMEUIL.

Il te reste un ennemi ?

LE PAYSAN.

Oh! j'sis enragé, j'ai de la rancune comme un diable ; qu'il ne m'approche pas.

GERMEUIL.

Et quel est-il ?

LE PAYSAN.

C'est l'eau, monsieur Germeuil, c'est l'eau ; je ne veux en boire de ma vie.

GERMEUIL.

Quelle joie vive et franche !

LE PAYSAN.

Pardine ! gnia b'en de quoi. J'aurons des bras pour travailler nos vignes : elles nous donneront p'us de vins ; nos filles ne grandiront p'us pour rian, nos garçons ne mourront p'us. Vive la paix ! vive la joie ! Quest-ce qui chante ? Régalez-moi d'une chanson. Nos rossignols chantent b'en ; mais morguenne ils n'ont pas cessé de chanter pendant ces huit ans, et ça me chiffonne. Puis, ils ne chantont que des airs, et je veux des paroles, des paroles de paix ; je ne veux p'us entende que ça.

JULIE.

Mon amie et moi nous allons te donner ce plaisir.

LE PAYSAN.

Ah ! jarni goi ! . . (*Il fait un faux pas et tombe.*) ne vous dérangez, c'est pour entendre plus à mon aise.

JULIE.

AIR : *Tè bien amer, ô ma chère Zélie.*

O douce paix, comble notre espérance,
Verse sur nous tes immortels bienfaits !

Remplis nos cœurs et que puisse la France,
Jouir long-temps des biens que tu lui fais !   (*Bi.*

LA DAME.

Toi dont les soins, le zèle et le courage,
Nous ont donné ce jour tant souhaité,
Puisse ton nom revéré d'âge en âge,
Voler par nous à l'immortalité !   (*Bi*).

ENSEMBLE.

Et vous héros, soutiens de la patrie,
Qui partagez ses généreux travaux,
N'oubliez pas cette mère chérie :
Veillez encor, veillez à son repos !   (*Bis*).

LE PAYSAN.

V'là ce que c'est, v'là les rossignols que j'aime. A vous
monsieur le maître d'école : voyons si vos vers rimeront
aussi bien.

LA PFTITE PAYSANNE.

Je commence, mon parain, pour vous encourager.

AIR : *du Vaud v lle du Sorcier.*

Madame, agréez notre hommage,
Daignez accepter ces bouquets ;
De nos respects ils sont le gage,
Et c'est le cœur qui les a faits.
Le sentiment seul nous anime ;
Et nons verrons tous nos souhaits
    Satisfaits
    Et complets
    A jamais,
Si nous pouvons avec la rime,
Chanter au bout de nos couplets :
    Vous et la paix.   (4 *fois,*]

LE MAITRE D'ECOLE,

Long-temps le fléau de la guerre
Se fit sentir dans nos foyers ;
Long-temps il désola la terre,
Tout en nous couvrant de lauriers,
Mais si douce que soit la gloire,
Convenez que tous ces apprêts,
    Qu'à grands frais,
    On a faits
    Pour l'anglais,

En nous procurant sa victoire,
Ne seroient qu'un foible succès
    Près de la paix,   [4 *fois,*]
       J U L I E,
Mes amis, ce tableau m'enchante,
Avec vous je veux demeurer ;
Combien cette scène est touchante,
Et que puis-je lui comparer?
Vous serez tous de ma famille,
Je vous sauverai désormais
      Les protêts,
      Les procès,
      Les regrets :
Que parmi vous la gaité brille ;
Et répétons en bons Français :
    Vive la paix!   (4 *fois,*]
    LE PAYSAN, *ivre.*]
Morgué vous chantez à merveille,
Mais n'en déplaise à vos éclats,
Moi je m'sens, à fête pareille,
Altéré comme on ne l'est pas,
Dans nos verres que l' vin pétille,
Et chassons d'ici désormais,
      Les regrets,
      Les procès,
      Les forfaits ;
Et glorieux du jour qui brille,
Chantons, avec tous les Français,
    Vive la paix!   [4 *fois* ,]

F I N.